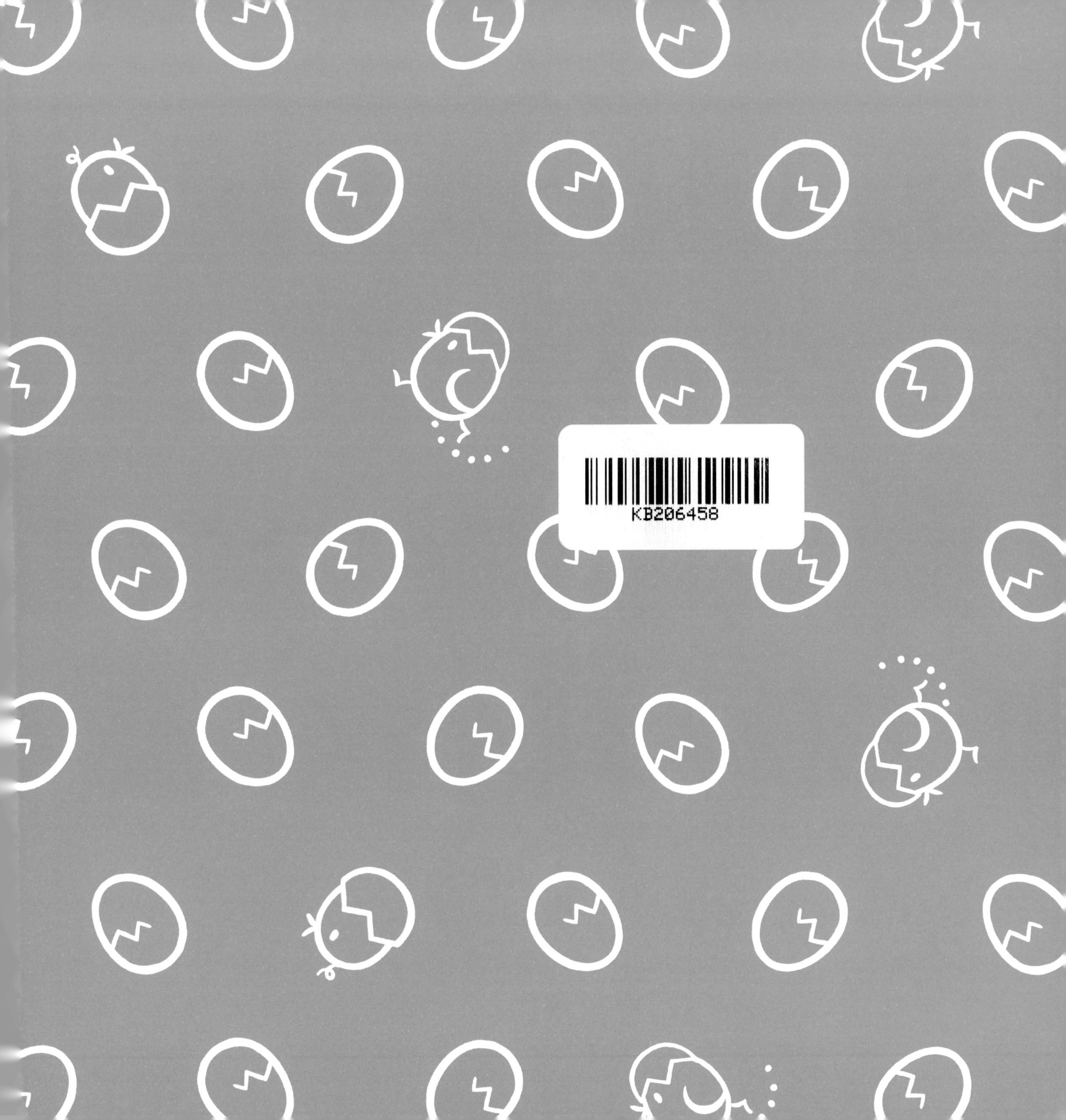

엄마는 막내만 예뻐해

가로쿠 공방 글· 그림 | 김난주 옮김

꿈소담이

꼬꼬맘이 새 알을 또 하나 낳았어요.
꼬꼬맘은 날마다 꼼짝 않고 새 알을 품고 있어요.
꼬꼬맘이 돌봐 주지 않자 병아리들은 제멋대로 굴어요.

주스
우유
돼지고기
꿀꿀이 쿠폰

"야, 우리도 다시 알이 되자."
병아리들은 저마다 알로 변장했어요.
덕분에 부엌은 엉망진창이 되었어요.

에너지 절약
콘즈
주스
우유
돼지고기
된장

야옹쿠르트

"얘들아, 이렇게 어지르면 어떡해!"
끝내 꼬꼬맘이 병아리들을 혼냈어요.
"치. 엄마는 막내만 돌봐 주면서 뭐."
"맞아, 괜히 화만 내고. 나, 집 나갈 거야."
"그래. 우리 다 같이 나가자!"

집을 나간 병아리들은
공터에서 자기 하고 싶은 대로
신 나게 놀았어요.

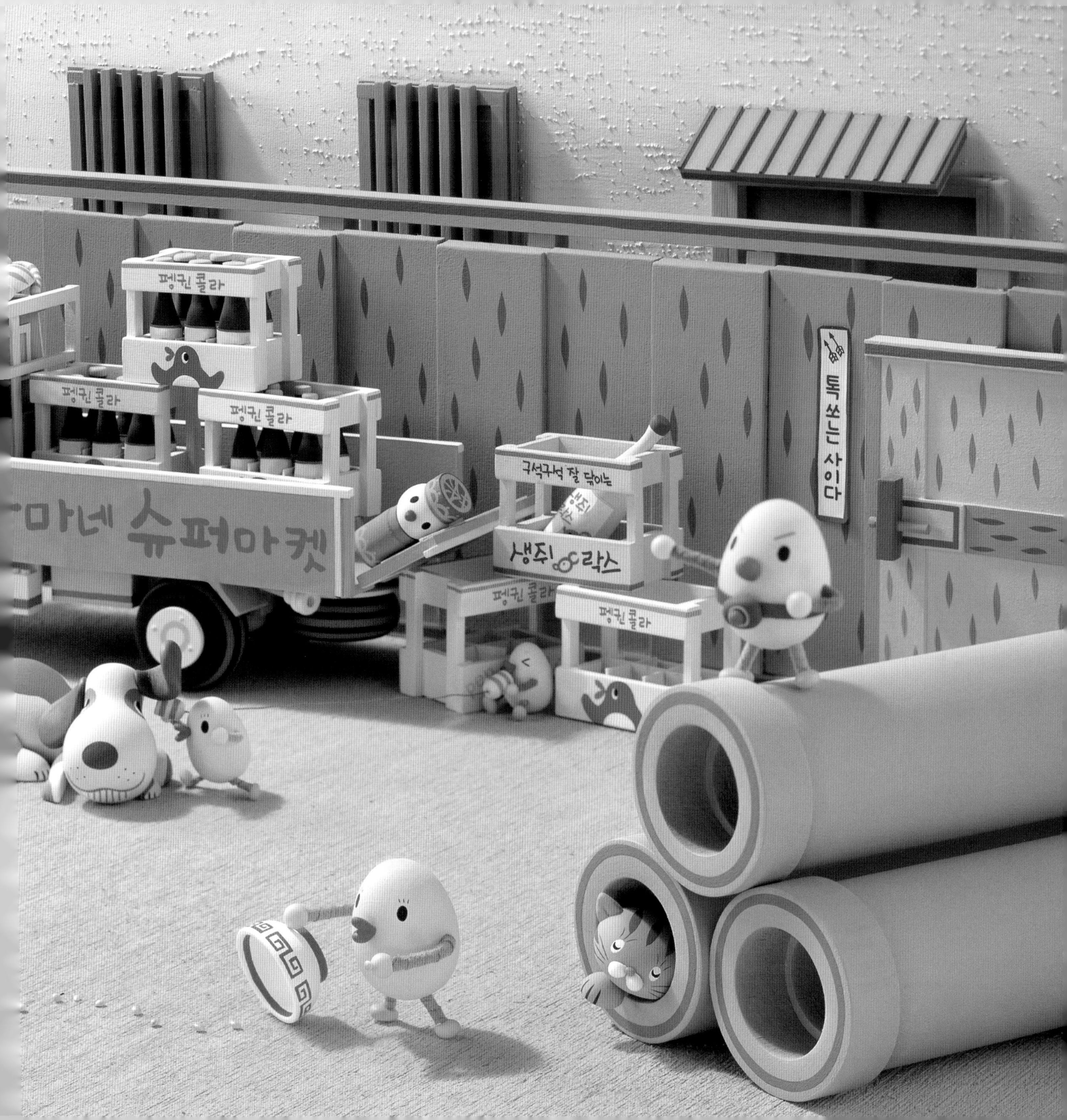
펭귄 콜라
펭귄 콜라
펭귄 콜라
마네 슈퍼마켓
구석구석 잘 닦이는
생쥐 락스
톡 쏘는 사이다
펭귄 콜라
펭귄 콜라

한참을 재미있게 놀다 보니,
점차 해가 기울면서 추워졌어요.
문득 올려다보자 하늘에서 하얀 게 하늘하늘 떨어졌어요.
"엄마 아직도 화나 있으려나……."

그 무렵, 꼬꼬맘은 서랍장을 뒤지고 있었어요.
“병아리가 통 나오지를 않네.
옷을 더 껴입고 따뜻하게 해야겠어.”

그 때, 병아리들이 하나 둘 집으로 돌아왔어요.
그리고 살며시 집 안을 들여다보았더니……

"으아악!
도둑이다!"

병아리들이 내지른 고함 소리에
깜짝 놀란 꼬꼬맘.
"어머나, 우리 막내가!"

"삐야악!"

삐악삐악
드디어 알에서
막내가 태어났어요.

삐악삐악
막내가 울음을 그치지 않아요.
병아리들은 우왕좌왕.
“배가 고픈가 봐.”

우왕좌왕 허둥지둥
“기저귀를 갈아 줘야 할까?”

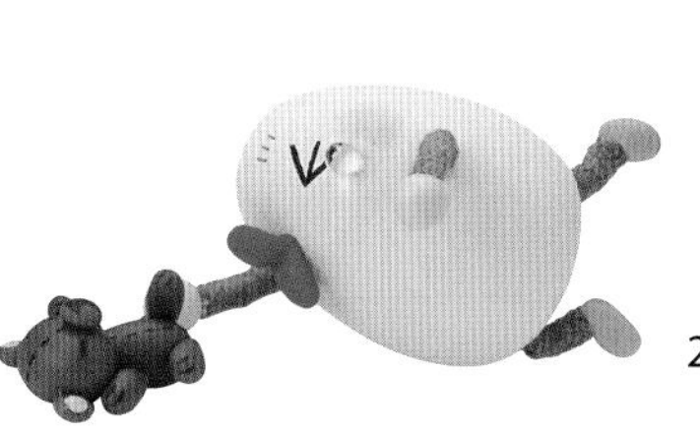

“후후후. 아마 목욕이 하고 싶어서 그럴 거야.”
“와, 진짜다.”
막내가 기분 좋게 잠들었어요.
“많이 추웠지.
너희들도 이제 목욕하렴.”

"네!"
병아리들은 목욕탕에서도 와글와글 제멋대로예요.
"얌전히 못 하니!"
꼬꼬맘네 밤은 오늘도 시끌시끌하네요.

지은이 | 가로쿠 공방

니시야마 가즈히로, 뒷마당의 가로쿠 공방.
나무와 점토를 사용해서 작업하고 있어요. 작품에는 『소중하게 간직하고픈 12가지 인형극 명작 보물상자』, 『언어 북 부타르 씨의 집』 등이 있어요.

옮긴이 | 김난주
옮긴이 김난주는 우리 문학과 일본 문학을 두루 공부하고 지금은 일본 문학을 우리말로 옮기는 일을 하고 있어요.
어린이들을 위해 옮긴 책은 『도토리 마을의 빵집』, 『까만 크레파스』, 『난 등딱지가 싫어』, 『백만 번 산 고양이』, 『치로누푸 섬의 여우』, 『난 형이니까』, 『해피 아저씨』, 『아빠의 손』 등 아주 많답니다.

와글와글 꼬꼬맘
엄마는 막내만 예뻐해

2013년 5월 20일 초판 1쇄 펴냄

펴낸곳 (주)꿈소담이 | **펴낸이** 김숙희 | **글 · 그림** 가로쿠 공방 | **옮긴이** 김난주
촬영 조시가야 스튜디오 | **디자인** 교다 크리에이션 | **로고디자인** LAD, design 요시무라 | **한국판로고디자인** (주)지앤지엔터테인먼트

주소 136-023 서울특별시 성북구 성북동 1가 115-24 4층 | **전화** 747-8970 / 742-8902(편집) / 741-8971(영업)
팩스 762-8567 | **등록번호** 제6-473(2002. 9. 3)

홈페이지 www.dreamsodam.co.kr | **전자우편** isodam@dreamsodam.co.kr | **북카페** cafe.naver.com/sodambooks

ISBN 978-89-5689-871-1 64830
ISBN 978-89-5689-869-8 64830 (세트)

- 책 가격은 뒤표지에 있습니다.
- 꿈소담이의 좋은 책들은 어린이와 세상을 잇는 든든한 다리입니다.